LES

QUATRE AGES

DE

L'ESCAUT

PAR

BRUN-LAVAINNE

(Extrait du premier volume des Mémoires de la Société d'Émulation de Roubaix).

LILLE

LIBRAIRIE DE L. QUARRÉ, GRAND'PLACE, 64.

LES

QUATRE AGES

DE

L'ESCAUT

Lille, imprimerie de *Six-Horemans*.

LES
QUATRE AGES

DE

L'ESCAUT

PAR

BRUN-LAVAINNE

(Extrait du premier volume des Mémoires de la Société d'Émulation de Roubaix).

LILLE

LIBRAIRIE DE L. QUARRÉ, GRAND'PLACE, 64.

1869

LES
QUATRE AGES DE L'ESCAUT

— ✳ —

VISION

— ✳ —

I

Age Gaulois.

Des flancs d'une colline où règne le silence
Un mince filet d'eau joyeusement s'élance (1) ;
Il va, prenant sa course en sinueux contours,
Du gazon qui fleurit rafraîchir les atours,
Puis, franchissant d'un bond le caillou qui l'obstrue,
Sur des bords moins riants il s'étend ou se rue,
Recueillant dans son cours les plus chétifs ruisseaux
Qui, pour le suivre au loin, viennent grossir ses eaux.

(1) L'Escaut prend sa source au pied du Mont St. Martin, département de l'Aisne, à peu de distance du Catelet.

Sur l'humide rocher d'où jaillit ce mystère
Un vieillard est assis. Autour d'un front austère,
Chargé de noirs ennuis, pendent longs et mouillés
Des roseaux et des joncs par la vase souillés.
C'est un Dieu, ce vieillard, mais un Dieu subalterne
De l'Olympe exilé, n'ayant sous sa gouverne
Que le fleuve naissant à qui des soins sont dûs
Pour diriger ses flots vers des lieux inconnus.
Skald est son nom. Son rôle est peu brillant encore,
Et parmi ses pareils, du couchant à l'aurore,
Depuis le froid Dniéper jusqu'au Tage doré,
Il en est à peine un qui soit plus ignoré.
Skald s'en plaint au soleil qui, l'été, boit son onde;
Il s'en plaint au vallon que, l'hiver, il inonde,
Aux nuages, aux vents, aux oiseaux, aux poissons.

« Vous, dit-il à ceux-ci, vous, mes chers nourrissons,
» Ne pourriez-vous porter aux lointaines contrées
» Le renom de mes eaux dignes d'être illustrées,
» Dépeindre la grandeur dont j'ai droit d'être fier
» Et l'immense tribut que je porte à la mer?
» Que sont auprès de moi tant de fleuves célèbres
» Que des faiseurs de vers ont tirés des ténèbres?
» Le Scamandre perdu qu'on cherche vainement?
» L'Eurotas dont l'orgueil n'a duré qu'un moment?
» Ce Tibre fastueux qui prend le nom de Fleuve
» Et pour mouiller ses bords attend six mois qu'il pleuve? »

— « Maître, dit une voix, cesse de te raidir
» Contre un arrêt du Sort dont tu dois t'applaudir.
» Jalouser tes rivaux serait de la démence,
» Car leur gloire finit et la tienne commence.
» Trois mille ans tu vécus dans ton obscurité ;
» Trois mille ans que sont-ils devant l'Éternité !
» Écoute : nos autels ne se ressemblent guère ;
» Tes confrères, les dieux, dont Saturne est le père,
» A prévoir l'avenir sont souvent en défaut ;
» Les miens ont sur ce point la science qu'il faut.
» Prêtre de Teuthatès, j'ai consacré mes veilles
» A lire assidûment le livre des merveilles
» Que la Nature cache aux vulgaires humains ;
» Mais qu'aux esprits d'élite elle ouvre des deux mains.
» J'ai visité Memphis et la Grèce et ses Sages ;
» Au pays de Cyrus j'ai consulté les Mages ;
» Et si tu veux bien être un adepte discret,
» Je puis des temps futurs t'apprendre le secret,
» Te montrer les trésors cachés sous ton rivage
» Et le brillant destin qui t'attend d'âge en âge.

Ainsi parla le druide, et le vieux Skald charmé,
Par un espoir nouveau se sentit ranimé.
Il jura par le Styx de tout voir, tout entendre
Sans jamais révéler ce qu'il allait apprendre.
Puis, le prêtre gaulois, le couvant du regard,

Attacha sur ses yeux un œil fauve et hagard ;
De ses doigts tout crispés par élans frénétiques
Jaillirent en éclairs des effluves magiques.
Le pauvre Dieu troublé, mais à tout résolu,
Sentit sur lui régner un pouvoir absolu ;
Sous un sommeil de plomb s'engourdit sa paupière,
Il dormit.... et soudain une vive lumière
Éclairant son esprit, lui donna le Savoir ;
Et voici le tableau qu'en dormant il put voir :

Aux lieux où court l'Escaut sous un ciel âpre et rude,
Et dont rien ne troublait l'affreuse solitude
Que les rugissements des bisons et des ours,
Et du farouche uroch les terribles amours ;
L'homme enfin a paru, plus sauvage, peut-être
Que la sombre forêt qui voit en lui son maître.
Les Galls, peuple nombreux descendu de Gomer,
S'étendent au couchant des Alpes à la mer.
Ils vivent de la chasse où le gibier abonde,
Et de culture aux lieux où la terre est féconde.
Les Belges, à leur tour, ces hardis émigrants,
De la Vistule au Rhin lassés de vivre errants,
Viennent chez les Gaulois réclamer une place,
Non comme des Vainqueurs dont triomphe l'audace,
Ni comme fugitifs suppliants et soumis ;
Mais l'olivier en main, en frères, en amis.

De cette fusion que nul sujet n'entrave
Naît un peuple nouveau, spirituel et brave,
Germain par le courage et par les mœurs Gaulois,
Croyant aux mêmes dieux, suivant les mêmes lois.
Puis en vingt nations ce peuple se partage
Sans cesser d'être uni de nom et de langage (1).
Cet antique lien, par un destin fatal,
Devait être brisé. Bientôt l'esprit du mal
Allume des Romains l'ardente convoitise.
Grâce à la trahison la Celtique est conquise.
Les Belges menacés unissent leurs efforts :
Pour sauver la patrie ils bravent mille morts,
Mais leur valeur succombe et le ciel peu propice
Pour cette fois encor couronne l'injustice.

Tout n'est pas dit, pourtant, le Nervien généreux
Aspire à se venger d'un combat malheureux.
Sur les bords de l'Escaut que ce grand peuple habite
Tout homme prend une arme, on s'empresse, on s'excite.
Femmes, enfants, vieillards, dans de secrets réduits,
Sont, par ordre du chef, en sûreté conduits.
L'ennemi vient enfin : on voit les deux armées
Sur deux rangs de hauteurs à la hâte formées.

(1) *Jules César*, dans ses commentaires, ne cite parmi les Belges que les Rémois, les Bellovaques, les Suessons, les Nerviens, les Amiénois, les Morins, les Ména-piens, les Vélocasses, les Veromanduens et les Attuatiques : mais on sait que la Lorraine et l'Alsace faisaient aussi partie de la Belgique.

La Sambre les sépare, et le Soldat Romain,
Espérant empêcher un hardi coup de main,
A garantir son camp avec ardeur travaille.
Et pour le terminer diffère la bataille :
Mais des braves Nerviens le courage indompté
S'irrite d'un retard savamment médité :
Comme un torrent fougueux au combat ils s'élancent,
Franchissent la rivière et vers le camp s'avancent;
Nul obstacle ne peut arrêter leur fureur ;
Ils sèment sur leurs pas la mort et la terreur.
C'en est fait des Romains; le bruit de leur disgrâce
Au loin va se répandre et réveiller l'audace
Des Gaulois opprimés, mais honteux de leurs fers.
César paraît!... tout change, et d'un affreux revers
Il fait par son génie une insigne victoire
Qui grandit pour jamais et son nom et sa gloire.

II

Age romain.

La Gaule en frémissant reconnaît un vainqueur.
Elle courbe le front, la rage dans le cœur ;
Nourrissant en secret l'espoir de la vengeance
Et le regret amer de son indépendance.
On se révolte en vain ; chaque effort isolé
Rend plus pesants les fers d'un peuple désolé.

Mais l'étoile d'Auguste a rassuré le monde.
L'Empire s'organise et d'une paix profonde
En goûtant les douceurs, le Celte et le Germain
Briguent l'honneur du nom de *citoyen romain.*
Honneur bientôt flétri ! L'astuce de Tibère,
Les fureurs de Néron, les crimes de sa mère,
L'inceste, la folie et la férocité
Occupant tour-à-tour un trône détesté ;

D'un sénat corrompu la honteuse faiblesse
Récompensant le vice, honorant la bassesse ;
Sur des autels salis par un culte odieux
D'infâmes scélérats placés au rang des Dieux ;
Un peuple composé d'affranchis et d'esclaves
Dont les plus chers soucis et les soins les plus graves
Sont de voir, dans le Cirque, aux animaux livrés
Des martyrs de la Foi les membres déchirés ;
Voilà Rome !...... Et tandis que, hideux réceptacle
D'immondes voluptés, elle s'offre en spectacle,
Son joug au loin s'étend sur cent pays divers.
D'avides proconsuls, des magistrats pervers
Par mille exactions dépouillent les provinces.
Sortis pauvres de Rome, ils y rentrent en princes,
Ne laissant après eux que des noms en horreur
Et l'Empire appuyé sur la seule terreur.

Jusqu'aux bords de l'Escaut s'étendaient ces misères ;
Mais au sein des forêts les chaînes plus légères
Laissent du moins, à l'homme, avec sa dignité,
L'amour de la Justice et de la Liberté.
Le sobre et dur Nervien, sous sa grossière écorce,
Avait gardé son nom, son langage et sa force ;
Et lorsqu'il combattait pour des maîtres ingrats
L'honneur encor guidait et son cœur et son bras.

Cependant, l'humble Croix, de l'Orient venue,
Sans appui dans le monde et des grands inconnue,
Des fers et des bourreaux affrontant les hasards,
Avait pris pour séjour la Ville des Césars.
Aux tombeaux des martyrs plaçant ses sanctuaires
Son trône s'élevait sur de blancs ossuaires ;
Sa couronne brillait dans les cieux étoilés,
Sa pourpre était le sang des justes immolés.
Tandis qu'en leurs fureurs les suppôts du vieux culte
Prodiguaient à la Croix les mépris et l'insulte,
Ce symbole divin grandissait chaque jour
Par l'effort merveilleux d'un pur et saint amour.

Saint Piat, saint Chrysole, apôtres intrépides,
Vinrent pour abolir les croyances stupides
Qui régnaient sans partage et bravaient le Très-Haut
Des plaines de la Lys à celles de l'Escaut.
Les Nerviens, par milliers, à leur voix abjurèrent
Un grossier paganisme et de leurs mains brisèrent
Les idoles que Rome imposait en tous lieux ;
Mais les lois protégeaient encor les anciens dieux.
Les athlètes du Christ, par une mort cruelle,
Obtinrent le martyre et la gloire éternelle.

Bientôt, pendant le cours d'événements divers,
De triomphes sanglants et d'éclatants revers,

Et malgré les horreurs des discordes civiles,
L'Escaut voit se peupler et s'agrandir ses villes.
Tournai, qui se prépare un illustre avenir,
Des vieilles libertés garde le souvenir.
Cambrai d'un site heureux possède l'avantage
Et de Bavai détruit recueille l'héritage
En descendant le Fleuve on ne rencontre plus
Que des postes sans nom, des hameaux inconnus,
Et, près de l'Océan, sur les dunes de sable,
Du pêcheur toxandrois la hutte misérable.

Mais l'Empire romain au faîte des grandeurs,
Sous le brillant vernis des royales splendeurs,
Cachait les éléments de sa chûte prochaine.
Cent peuples attachés à la commune chaîne,
Différant d'intérêts, de mœurs, de sentiments,
Ne pouvaient pour un maître avoir ces dévouements
Qu'à tous les nobles cœurs une patrie inspire.
Que leur importait donc le salut d'un empire
Qui n'avait de pouvoir que pour les opprimer?
On vit, alors, au loin, l'orage se former;
Les Huns et les Alains, les Goths et les Avares,
Entraînant avec eux des torrents de barbares,
Ravagent l'Occident dont les chefs abattus
N'ont pour leur résister ni forces ni vertus.

Sous les coups furieux de ces hordes cruelles
S'écroulent les remparts ; tout s'enfuit devant elles ;
Par le sang et le feu leur passage est marqué ;
Tout obstacle est détruit dès qu'il est attaqué.

Les villes de l'Escaut à ce désastre horrible
Échappent cependant, et le fléau terrible,
Par la rage emporté, passe loin de leurs murs ;
Car les Francs en étaient les gardiens les plus sûrs.
Ce peuple, dès longtemps, fixé dans la Belgique,
Avait régénéré le vieux sang germanique.
Le premier Childéric était roi dans Tournai.
Ragnacaire à ses lois avait soumis Cambrai.
D'autres chefs, envieux de ceindre la couronne,
Se donnaient des états et s'érigeaient un trône ;
Lorsque le grand Clovis, porté sur le pavois,
Réunit tous les Francs dociles à sa voix,
Et de ces rois d'un jour la puissance éphémère
Disparut à l'aspect de sa noble bannière.

Mais quel charme inconnu, talisman redouté,
Fait ainsi tout fléchir devant sa volonté ?
C'est le dieu de Clotilde !.... Au créateur du monde,
Dont la main bienfaisante en miracles abonde,
Pour vaincre à Tolbiac le Roi fit un serment
Qu'au retour du combat il tint fidèlement.

Sur son front dépouillé du royal diadême
Le saint pasteur de Reims versa l'eau du baptême,
Et tous ses fiers guerriers, comme lui faits chrétiens,
Devinrent de la Croix les plus fermes soutiens.

Ainsi dans ses desseins toujours impénétrable,
Dieu place de la Foi le fondement durable
Au cœur d'un roi barbare et sous l'aimable appui
De celle que l'amour a fait régner sur lui.
Par cet événement les saintes basiliques
Aux fidèles épars vont rouvrir leurs portiques ;
Les autels du Très-Haut, naguère abandonnés,
Voient leurs persécuteurs devant eux prosternés ;
Les os des saints martyrs font d'éclatants miracles ;
Du prêtre les arrêts deviennent des oracles ;
Et l'Église, élevant sa tête dans les cieux,
Détrône pour jamais le culte des faux dieux.

III.

Age Féodal.

Le bon *Skald*, agité par ce pénible songe
Que le druide, son maître, avec dessein prolonge,
Sur son lit de roseaux se tourne avec effort,
Vainement veut parler, soupire et se rendort.
Le rêve continue :

        Après trente ans de gloire,
Clovis meurt en laissant une illustre mémoire,
Le royaume fondé, les pouvoirs affermis,
L'épiscopat puissant et le peuple soumis.
Mais, déplorable erreur d'un si grand politique,
Le sol français, traité suivant la loi salique,
Entre d'indignes fils est par lui partagé (1).

(1) La loi salique, telle qu'elle a été observée sous les deux premières races,
autorisait le partage du royaume entre les héritiers directs du monarque, à l'exclu-
sion des femmes.

En une arène, alors, le pays est changé.
A peine couronnés, ces rois luttent de crimes,
Et la palme est à qui fait le plus de victimes.
Les guerres sans merci, les lâches trahisons,
Les murs des cloîtres saints convertis en prisons,
Des châteaux dévastés, des campagnes stériles,
Des reines sans pudeur et des rois imbéciles,
Tel est le triste aspect que révèle à nos yeux
Le fidèle tableau de ces temps odieux.
Puis des Mérovingiens, la sombre dynastie,
Hors d'état de régner, s'éteint abâtardie,
En laissant le pouvoir à d'heureux serviteurs
Qui du trône bientôt sont les usurpateurs.

La force est le seul droit de la race nouvelle,
Mais de la nation tous les vœux sont pour elle.
Pépin est à la fois un guerrier valeureux,
Un habile monarque, un prince généreux.
Son fils, qui lui succède, a pour lui le génie;
Des Francs régénérés sa puissance est bénie.
Son zèle pour la Foi, non moins sage qu'ardent,
Fait remettre en ses mains l'empire d'Occident,
Qui, par ce héros seul, pouvait encore renaître,
Et n'eût en aucun temps trouvé plus digne maître.
En vain les Sarrazins, les Lombards, les Saxons
Veulent lui résister; de terribles leçons

Abaissent leur orgueil, et devant Charlemagne
Du Danube au Weser se soumet l'Allemagne,
Tandis que de Milan le peuple brave et fier
Décerne à son vainqueur la couronne de fer.

Forte par l'unité de cet immense empire,
Après tant de malheurs la nation respire,
A la sécurité tous les cœurs sont ouverts.
L'Escaut voit s'animer ses bords jadis déserts;
Le travail et la paix rendant les champs fertiles,
Ramènent l'abondance et repeuplent les villes.
A la droite du fleuve un diocèse important,
Formé du Cambrésis, du Hainaut, du Brabant,
Se couvre de cités et de saints monastères.
Sur la rive opposée, également prospères,
Brillent les évêchés d'Arras et de Tournai,
Étroitement unis à celui de Cambrai.
Valenciennes, au cœur de ces vastes provinces,
Tient rang de capitale. Entouré de ses princes,
Des prélats, des guerriers assemblés à sa voix,
Charlemagne y décrète et promulgue ses lois (1).

Trop tôt l'on voit finir cette ère glorieuse.
Son heure va sonner, fatale, impérieuse;

(1) Plusieurs capitulaires de Charlemagne et de ses successeurs sont datés d
Valenciennes. Précédemment Clovis III avait un palais dans cette ville.

Au chevet du héros qu'hélas! le ciel attend,
Arrive un bruit lointain qui s'accroît et s'étend
De courses de bandits, de hordes inquiètes,
Qui de la mer du Nord affrontent les tempêtes
Pour venir, ne cherchant qu'un facile butin,
De la seconde race accomplir le destin.

L'Empereur, accablé d'une sombre tristesse,
Voit de ses descendants la honteuse faiblesse,
De stupides orgueils, d'indignes lâchetés,
Quelques jours de repos à prix d'or achetés,
Puis, sa postérité vaincue, anéantie,
Et sur son trône auguste une autre dynastie.

Tels étaient les pensers du grand homme expirant,
Et le temps confirma ce présage navrant.
Des bouches de l'Escaut à celles de la Seine,
Malgré tous les efforts d'une défense vaine,
Les Normands, de pillage et de sang altérés,
Sans relâche et sans fin vers la France attirés,
Brûlaient villes et bourgs, châteaux et monastères,
Profanaient des autels les plus sacrés mystères,
Et les rois acharnés à se combattre entr'eux
Laissaient sans nul secours leurs sujets malheureux.
Alors, un cri soudain de suprême infortune
Des peuples désolés fut la règle commune.

Ce cri de l'égoïsme, inspiré par l'effroi,
En tous lieux répété, c'était : *Chacun pour soi !*
De ce chaos sortit une France nouvelle,
Morcelée, appauvrie et pourtant toujours belle ;
Un état renfermant dans son sein agité
Excès de servitude, excès de liberté.
Tout vaillant gouverneur obtint l'indépendance,
Pour lui-même, d'abord, et pour sa descendance

Ravisseur de Judith, fille et veuve de rois (1),
Baudouin au *Bras-de-Fer* eut la Flandre et l'Artois.
Rainier dit *au-long-col* fut comte héréditaire
De Hainaut et Louvain, au pays de Lothaire. (2).
Par les bras de l'Escaut étreint, environné,
Le comté de Zélande à Thierri fut donné (3).
Anvers, simple bourgade, et son aride plaine
De l'évêché d'Utrecht agrandit le domaine (4).

(1) Judith, fille du roi Charles-le-Chauve, avait été mariée enfant avec Etelwulf, roi d'Angleterre. Cette jeune princesse, renvoyée en France, après la mort de son mari, fut enlevée par Baudouin dit Bras-de-fer, gouverneur de la Flandre. Charles, irrité d'un pareil attentat, voulait châtier le ravisseur ; mais celui-ci commandait à de nombreuses troupes et, dans plusieurs rencontres, avait battu les Normands. La raison d'État l'emporta sur le ressentiment du père ! Charles consentit au mariage et constitua, pour son gendre, en fief héréditaire, le comté de Flandres qui comprenait l'Artois et une partie de la Picardie.

(2) Rainier-au-long-col, qui possédait de grands biens dans la Hasbanie, et avait vigoureusement repoussé les Normands, fut nommé par Charles-le-simple, gouverneur du royaume de Lothaire *(la Lorraine)* qui comprenait alors le Brabant. Il mourut en 916. Ses fils prirent les titres de comtes de Hainaut et de Louvain.

(3) Les îles de la Zélande furent données à titre de fief, en 968, par le roi Lothaire, à Thierri II, comte de Hollande.

(4) St Willibrod, évêque d'Utrecht, obtint pour son église le territoire d'Anvers, de Rohing qui en était seigneur.

Garnier eut l'Ostrevant, Valenciennes, Famars (1),
Tournai, française et libre, au sein de ses remparts,
Resta cité royale (2). Enfin, le territoire
De Cambrai dont saint Vaast, autrefois, eut la gloire
De relever l'antique et précieux autel,
Dut recevoir Baudouin pour seigneur temporel (3).
Mais les comtes flamands, guerroyeurs téméraires,
Ne surent point garder des titres éphémères,
Et bientôt les pasteurs, de leurs droits ressaisis,
Régnèrent sur la ville et sur le Cambrésis (4).

On vit ainsi les rois, dans des périls extrêmes,
Pour leur propre salut se dépouiller eux-mêmes.
En créant des vassaux trop riches, trop puissants,
Ils les firent rétifs et désobéissants.
Puis, à leur tour, ceux-ci, démembrant l'héritage,
Donnèrent des sous-fiefs en retenant l'hommage,
Afin de s'entourer d'appuis forts et nombreux
Servant leur suzerain qui combattait pour eux.
Alors, il s'établit partout un ordre étrange,
Fondé sur le besoin d'un légitime échange

---

(1) En 959, Brunon, archevêque de Cologne, gouverneur général du royaume de Lorraine, ayant exilé les fils de Rainier, donna le pays de Famars et l'Ostrevant à Garnier.

(2) Jusqu'en 1559, cette ville resta constamment soumise au roi de France et indépendante des comtes de Flandre et de Hainaut dont les états l'environnaient de toutes parts.

(3) Baudouin I dit Bras-de-fer.

(4) En 1007, l'empereur saint Henri donna la souveraineté du comté de Cambrai à l'évêque Erluin et à ses successeurs.

De services rendus et de protection.
Les Français n'étant plus un corps de nation,
On fut de sa paroisse ou bien de sa province
Soumis à son Seigneur et point du tout au Prince;
Et, bien qu'on respectât sa noble pauvreté,
Dans son seul patrimoine il eut l'autorité.

Mais du titre de Roi tel est l'heureux prestige,
Tel surtout le besoin d'une main qui dirige
Et qui maintienne en paix de belliqueux rivaux,
Qu'on vit avec le temps des éléments nouveaux
Grandir, par leur concours, la puissance royale
Sans altérer l'esprit de la loi féodale.
Dans la France il était quelques vieilles cités,
Gardant des temps anciens certaines libertés,
Et jouissant encor, grâces à la Fortune,
Du droit municipal et du nom de commune.
Les rois comprirent bien que c'était un levier
Aussi sûr que puissant. Louis six, le premier,
Soustrayant les bourgeois au pouvoir des églises,
De Noyon, de Beauvais rétablit les franchises.
Dans la Flandre aussitôt l'exemple fut suivi;
Son peuple était trop fort pour rester asservi.
Les Seigneurs, d'un plein gré, donnèrent à leurs villes,
Moyennant quelque impôt ou quelques droits futiles,
Chartes de libertés, priviléges d'octroi,
Haute et basse justice, et bannière et beffroi.

En faisant à propos ces faciles largesses,
On ouvrait au pays des sources de richesses,
De progrès, de grandeurs. Actif, industrieux,
Commerçant et guerrier, brave et laborieux,
Le Flamand transforma ses marais en cultures,
Éleva des cités et des manufactures.
Ypres tissa la laine et, par cent mille bras,
A l'Europe fournit ses admirables draps.
Avec Damme, son port et sa rade profonde,
Bruges fut l'entrepôt du commerce du monde.
De l'Escaut étonné les navires d'Anvers
Sortirent pour voguer vers de lointaines mers;
Et le peuple gantois, ivre d'indépendance,
Guidé par un brasseur devint une puissance.

Mais il advint aussi que ce peuple opulent,
Rendu par ses succès orgueilleux, turbulent,
Eut ses jours de revers. Quand la Flandre trop fière
A ses comtes faisait une coupable guerre,
Le Roi, leur suzerain, combattait pour leurs droits.
La noblesse de France y versa maintes fois
Le plus pur de ce sang qui toujours la distingue;
Mais Rosebecque, enfin, la vengea de Groningue (1).

---

(1) En 1302, l'armée française fut entièrement défaite par les Flamands à Groningue, près de Courtrai. En 1382, les Français eurent leur revanche à la bataille
de Rosebecque où les Gantois furent battus et leur chef, Philippe d'Artevelde, tué.

Ramenés par la force aux douceurs de la paix,
Les rebelles bientôt en goûtent les bienfaits;
Car tandis que la France, avilie et navrée,
Par une indigne reine aux Anglais est livrée (1),
Philippe, le *bon duc*, de ses riches états,
Éloigne les périls et les sanglants combats;
Et sous l'autorité que son nom seul exerce,
Il fait naître les arts et fleurir le commerce.

Vainement de son fils le téméraire orgueil
Trouve dans Louis onze un invincible écueil,
La maison de Bourgogne, un moment ébranlée,
N'en atteindra pas moins sa haute destinée.
Cette maison que Dieu semble aider de sa main,
S'affaiblit par la guerre et grandit par l'hymen.
Au moment de tout perdre, et pouvoir et richesse,
La fille de ses ducs devient archiduchesse (2)
Et trouve, en s'unissant avec Maximilien,
Un noble protecteur, un valeureux soutien.
Philippe leur succède et Jeanne qu'il épouse (3).
D'un volage mari trop justement jalouse,
Mais l'adorant encor, malgré sa trahison,
Bientôt en le perdant perd aussi la raison.

(1) Isabeau de Bavière, femme du malheureux roi Charles VI.
(2) Marie de Bourgogne, fille de Charles le Téméraire, épousa, en 1477, Maximilien,
archiduc d'Autriche. Ils eurent pour fils Philippe dit le Beau.
(3) Jeanne la folle, fille de Ferdinand, roi d'Aragon, et d'Isabelle, reine de Castille.

Il lui restait un fils, un enfant de la Flandre,
Gantois de cœur et digne, en tout point, de descendre
Du plus illustre sang que l'Europe ait connu.
Charles, dès sa jeunesse, au trône parvenu,
Concentre dans ses mains un immense héritage.
Les rives de l'Escaut, du Danube et du Tage.
Les pays merveilleux par Colomb découverts.
Les archipels de l'Inde à ses vaisseaux ouverts,
Sont soumis à ses lois, et la Fortune y place
Cent peuples différents de langage et de race.
Puis à son vaste front tant de fois couronné (1),
Un ornement suprême est à la fin donné :
Les électeurs, gagnés par ce grand politique,
Offrent à Charles-Quint l'Empire germanique.

Pourtant d'un seul rival les efforts répétés
Vont troubler un moment tant de prospérités.
D'un monarque français la valeur généreuse
Est, dans les champs lombards, pour quelque temps heureuse;
Mais le sort des combats conduit François premier,
Perdant tout, fors l'honneur, à Madrid prisonnier!

Tandis que s'affermit la grandeur sans seconde
D'un Empire qui touche aux limites du monde,

(1) Charles était roi de Castille, d'Aragon, de Valence, de Léon, de Portugal, de Sicile, etc., etc.

Glorieux au dehors un ver le ronge au cœur.
Un moine débauché, hardi réformateur,
S'attaque à des abus introduits dans l'église,
Et par son zèle faux adroitement déguise
La haine qu'il nourrit contre tous les pouvoirs
Et l'orgueilleux mépris des plus sacrés devoirs.

　Charles, en observant le progrès des doctrines
Qui soumettent le sens des vérités divines
Aux jugements divers des plus grossiers esprits,
Hésite... dans un lieu condamne les écrits
Qu'il autorise ailleurs. Passant de la faiblesse
Et des calculs mesquins d'une impuissante adresse
A l'excès de la force et des sévérités,
Il met au désespoir les partis irrités
Qu'encouragea d'abord un excès d'indulgence.

　Un acte spontané — grandeur d'âme ou prudence,
On ne sait — vient alors étonner l'univers :
Ce fier dominateur de tant d'états divers (1),
Habile autant qu'heureux dans la paix, dans la guerre,
Se dépouille des biens, des honneurs de la terre,
Et du trône descend, tranquille et sans orgueil,
Pour aller à Saint-Just essayer son cercueil !

---

(1) Parmi ses titres nombreux, Charles-Quint prenait celui de dominateur en Asie et en Afrique.

Le druide, en ce moment, s'arrête avec tristesse;
L'avenir qu'il découvre et l'accable et l'oppresse.
Le feu de la révolte et le bruit des combats
Passent de l'Allemagne au sein des Pays-Bas.
Il voit les citoyens, dans un fatal délire,
Entre eux se déchirer, s'accuser, se proscrire.
Le foyer paternel lui-même est envahi ;
Le frère par son frère est lâchement trahi ;
Mais tout tremble d'effroi quand on voit apparaître,
Parmi les flots de sang, le duc d'Albe et son maître.
    Effaçons de nos cœurs ce triste souvenir.
Après trente ans d'angoisse un siècle va s'ouvrir,
Siècle réparateur, aurore douce et belle
Qui ramène la paix à la voix d'Isabelle (1).
Les Flandres, le Hainaut et le Brabant unis,
Par leurs propres discords cruellement punis,
Ont trouvé le repos dans le vote unanime (2)
De la soumission au pouvoir légitime.
Les souverains, d'ailleurs, pour leur autorité,
Des désastres publics avaient bien profité.
Ces comtes et ces ducs jadis si redoutables,
Se sont tous épuisés dans des luttes coupables,

(1) Par un édit de 1598, Philippe II donna la souveraineté des Pays-bas à l'infante Isabelle, sa fille, en faveur de son mariage avec l'archiduc Albert, son cousin, qui se démit de la dignité de cardinal
(2) La Flandre française, le Hainaut et l'Artois avaient fait leur soumission en 1579; les autres provinces suivirent leur exemple quelques années après; mais ce ne fut que sous le règne d'Albert et d'Isabelle que la Belgique retrouva la tranquillité.

Et l'on verra, plus tard, tomber leurs descendants
De degrés en degrés, au rang de courtisans.
De tout obstacle, alors, la Couronne affranchie
Poursuivra ses desseins et de la monarchie
Fondera l'unité. Puis, un jour, le grand Roi,
Dans son suprême orgueil, dira : *L'État, c'est moi !*

Sous un pareil régime, on comprend que la guerre
En changeant de motif change de caractère.
Elle devient un art, une profession ;
On la fait par calcul et non par passion,
Et de ces temps nouveaux les correctes annales
Rapportent froidement des histoires banales
De plans d'invasion habilement conçus,
De projets de conquête assez souvent déçus,
De villages détruits, de places assiégées,
D'attaques de convois, de terres ravagées,
Sans autre but, souvent, que le frivole honneur
D'accroître le renom du général vainqueur.

Parmi ces beaux exploits et ces grandes batailles
Émouvant tour-à-tour ou Madrid ou Versailles,
Deux noms sont demeurés : *Denain* et *Fontenoi* (1),
Le reste a de l'oubli subi la juste loi.

(1) Le champ de bataille de Denain et celui de Fontenoi touchent presque à l'Escaut.

Mais plus la royauté, par un calcul peu sage,
Pour se grandir abaisse un servile entourage,
Tout en lui prodiguant les titres, les faveurs,
Et plus de son prestige elle perd dans les cœurs.
Du Prince et de sa cour l'effroyable licence
Outrage insolemment les mœurs et la décence,
Et le peuple pour eux n'a plus que du mépris.
Puis, deux partis nouveaux entraînent les esprits.
L'un, sous le nom menteur d'amour de la Sagesse,
Avec audace usant du pouvoir de la Presse,
Insurge la Raison contre l'Autorité,
Et conduit par le Doute à l'Incrédulité.
L'autre, à l'amour du bien sait unir la prudence;
Il vante la vertu, croit à la Providence;
Quoique l'ami du riche, au pauvre il tend la main,
Et rêve le bonheur de tout le genre humain.
Dans un calme apparent ce n'est pas qu'il s'endorme,
Car il voit les abus et veut qu'on les réforme.
Différant, quant au but, ces deux partis d'accord
Sur le trône et l'autel dirigent leur effort.
Avec un zèle ardent chacun des deux conspire,
L'un pour les corriger, l'autre pour les détruire

Enfin, tant d'éléments de dissolution,
Dès longtemps, préparaient la révolution,
Qu'en arrêter le cours devenait impossible.

Quatre-vingt-neuf fut beau, quatre-vingt-treize horrible.
En voulant supprimer la féodalité,
On fit du même coup tomber la Royauté.
L'Escaut vit sur ses bords recommencer les guerres,
Et l'affreuse disette y joignit ses misères.
La loi devint athée, et les asiles saints
Que Dieu, jadis, avait, dans ses secrets desseins,
Permis qu'on élevât au fond des solitudes,
Pour unir la prière aux travaux, aux études,
Indignement livrés à des spéculateurs,
Tombèrent sous l'effort des marteaux destructeurs.
C'est ainsi que Crespin, Mont-Saint-Martin, Vaucelles,
Honnecourt, Saint-Aubert, Saint-Saulve et Fontenelles
Disparurent des lieux qu'ils avaient illustrés.
Les temples restaient seuls, de tous leurs biens frustrés,
Mais pour subir bientôt le détestable empire
Du parti triomphant. Le peuple en son délire,
Place sur un autel la déesse Raison,
Et démolit l'église où siégea Fénélon !

IV

Age Industriel.

Soixante ans ont passé sur ces sombres folies,
Et, de ce temps, on voit les annales remplies
De plus d'événements que n'en pourraient offrir,
Du Déluge à nos jours trois siècles à choisir.
Un nom domine tout; couverte de sa gloire,
La France en gardera l'éternelle mémoire,
En vouant à l'oubli les fautes, les malheurs
Qu'un héros expia par six ans de douleurs.
Lui tombé, l'on perdit les fruits de son courage,
Mais non ses sages lois, impérissable ouvrage
D'un génie embrassant toute chose à la fois,
Servant tous les besoins, protégeant tous les droits.
C'est surtout par l'essor que lui dut l'industrie
Qu'il s'acquit à jamais l'amour de la patrie.

Après Napoléon, le trône était glissant ;
Il fallait pour régner un bras ferme et puissant.
Les Bourbons, y montant par droit héréditaire,
Avaient en leur faveur l'Auguste caractère
De la race et du nom. Ce n'était pas assez.
L'étranger triomphant les avait replacés
Sur ce trône entouré d'une gloire nouvelle ;
Ce fut pour des Français leur tache originelle,
Tout, jusqu'à leur bonté, leur devint un péril,
Et l'émeute, en trois jours, les rendit à l'exil.

Celui qui profita de ce triste naufrage,
Dans l'art de gouverner habile autant que sage,
Quoique Bourbon, aussi, par la France accepté,
Conserva quelque temps sa popularité ;
Mais, singulier retour des choses de ce monde !
On vit l'opinion, mobile autant que l'onde,
Abandonnant le roi qu'elle s'était donné,
Taquiner un pouvoir à sa perte obstiné ;
On vit des nains jouer avec l'arme d'Hercule,
Et la foudre sortir d'un banquet ridicule.

Le peuple, alors, surpris d'un succès imprévu,
En arrivant au but qu'il n'a pas entrevu,
Se montre, quelques jours, calme, grand, magnanime ;
Il renonce au passé d'un accord unanime,

Et ne voit devant lui que des jours attrayants,
Comme un enfant, bercé par les songes riants.
Dans ces heures d'espoir, sans force et sans police
L'ordre se maintient seul; ou plutôt la justice,
Animant tous les cœurs d'un transport généreux,
Veut pour première loi que chacun soit heureux;
Et plus d'un personnage, au fond très-monarchique,
Se surprend à crier : *Vive la République !*
Mais ce moment est court. Avec fureur bientôt,
De mille passions va remonter le flot.
Sans souci du moyen, des décrets téméraires
Proclament les Français libres, égaux et frères.
Mais cette *Liberté* c'est le règne absolu
Du parti le plus fort au pouvoir parvenu;
Et cette *Égalité* veut simplement qu'on chasse
Les riches et les grands pour usurper leur place;
Cette *Fraternité* c'est l'apôtre inhumain
Qui prêche sa doctrine un fusil à la main.

O ! malheureuse France ! au péril tu n'échappes
Qu'en pleurant sur tes fils que, malgré toi, tu frappes
Toi-même en ce chaos à ton repos fatal,
Sais-tu donc distinguer le bien d'avec le mal?
Ah! combien il est temps qu'un pouvoir juste et ferme
A tes dissensions vienne enfin mettre un terme!
. . . .
. . . .

Que vois-je! tous nos vœux seraient-ils exaucés?
Et les malheurs publics vont-ils être effacés?

Allons, *Skald*, lève-toi! Pendant que tu sommeilles
Il vient de s'accomplir d'éclatantes merveilles.
Au moment où l'on voit surgir de toutes parts
Des dangers menaçants et de sanglants hasards,
Au moment où, remplis de haine et de vengeance,
Les partis au combat se préparent .... la France
Exerçant librement le plus beau de ses droits,
L'Empire est rétabli par huit millions de voix!

Tout est changé; le calme à l'orage succède;
A fonder l'avenir avec soin on procède;
Le commerce renaît par la sécurité;
L'opinion enfin soutient l'autorité.
L'or, ce métal poltron, qui se cachait naguère,
Se montre maintenant et devient téméraire.
Il prête son concours à tous projets nouveaux
Et facilite ainsi d'incroyables travaux.
Deux fois pour secourir le faible qu'on opprime,
Nos soldats, animés par ce motif sublime,
Vont réveiller au loin les échos des grands jours.
Leurs drapeaux sont encor ce qu'ils furent toujours.
L'or veut, en bon Français, aider à la victoire,
Car il faut des millions pour conquérir la gloire;

Mais, confondant l'esprit des timides vieillards,
Le pays au trésor vient offrir des milliards !

Enfin, le monde entier a les yeux sur la France;
Seule elle inspire à tous la crainte ou l'espérance;
La crainte aux étrangers de sa force envieux,
Qui rappellent en vain des traités odieux;
L'espoir aux malheureux souffrant pour la justice
Qui n'attendent que d'elle un destin plus propice.
Le Chef qui la gouverne, exempt d'ambition
Et modèle accompli de modération,
Devient, dans les combats, un guerrier intrépide
Que la victoire suit dans sa course rapide.

Mais la paix va régner...... Allons, Skald, lève-toi !
Ouvre les yeux, et viens contempler avec moi
La part qui te revient parmi tant de prodiges,
Et les biens confiés au cours que tu diriges.

Le vieux fleuve, en effet, secouant les pavots
Qui, depuis deux mille ans, pèsent sur ses yeux clos,
Par le druide guidé, quitte son humble source
Pour suivre lentement ses ondes dans leur course.

A quelques mille pas il découvre un canal
Qu'il n'a point vu jadis et qui, d'un flot égal,

Suivant, silencieux, sa route souterraine,
Unit l'Oise à la Somme et l'Escaut à la Seine.
Cet important travail qu'un Bourbon commença
Et que, longtemps après, Bonaparte acheva,
De Saint-Quentin bientôt assura la fortune.
Au loin se fit sentir la faveur opportune
De ce nouveau moyen d'échanges fructueux.
Les charbons du Hainaut, produit peu somptueux,
Mais moderne élément de force et de richesse,
Vont, jusque dans Paris, à petite vitesse,
Servir utilement à mille emplois divers
Et créer la vapeur, reine de l'univers.

L'Escaut traverse ensuite une belle contrée,
Au travail agricole avec ardeur livrée.
La terre, entretenue et servie à propos,
Y prodigue ses dons sans trève et sans repos.

Cambrai pratique encor son antique industrie;
Du beau sexe, toujours, la batiste est chérie;
Mais c'est moins le négoce et ses nombreux labeurs
Qui donnent à ce lieu l'éclat et les honneurs
Que la possession d'un saint et noble siége
Dont il a conservé l'illustre privilége.

Plus bas, on aperçoit les remparts de Bouchain,
Vieux fort dont le rivage est aujourd'hui prochain

Du grand bassin houiller que Dieu, dans sa prudence,
Tint ignoré de tous, pendant la longue enfance
Des arts industriels, et lorsque les forêts
Par leur bois abondant suffisaient au progrès.
Mais quand, de toutes parts, les arbres centenaires
Périrent sous les coups des haches mercenaires,
Pour laisser la charrue aligner ses sillons
Et le soleil sur eux épandre ses rayons ;
Quand aussi la science, en ses métamorphoses,
Descendit du sublime au positif des choses,
Dieu nous mit sous la main l'indispensable agent
Qui rendit la chaleur au foyer indigent
Et permit d'accomplir l'étonnante série
Des miracles sans fin qu'opère l'industrie.

Ici, des bataillons de hardis ouvriers,
Travaillant loin du jour dans leurs noirs ateliers,
A travers les périls d'une tâche émouvante,
Vont, à des profondeurs dont l'esprit s'épouvante,
Arracher le charbon à son lit de rocher
Où, si longtemps, la terre avait su le cacher.
Puis de pesantes nefs, par un travail pénible,
Transportent lentement le grossier combustible
Qui, dans d'habiles mains, devient un vrai trésor,
Plus précieux cent fois que n'est la mine d'or ;

Car c'est lui qui produit la bienfaisante fée
Qui s'échappe de l'eau dans des tubes chauffée,
Et, par le seul effet de son impulsion,
Donne la vie à tout ce dont l'invention
Peut des arts manuels agrandir le domaine.
C'est lui dont l'influence, heureuse autant qu'humaine,
Épargne aux travailleurs un trop pénible effort
Et, ménageant leurs bras, leur fait un meilleur sort.
C'est lui qui nous permet ces rapides voyages,
Impossibles, jadis, aux gens des anciens âges,
Qui, par ma foi! seraient étrangement surpris
D'arriver en un jour de Berlin à Paris.
C'est lui qui, sur les flots, fait mouvoir le navire,
Lorsque, pour l'arrêter, un calme plat conspire,
Ou même quand Éole, en ses projets félons,
Déchaîne avec fracas les fougueux aquilons.
C'est le charbon, enfin, qui, la nuit, chasse l'ombre
Et donne à nos cités des lumières sans nombre,
Importunes, parfois, à messieurs les voleurs,
En mettant l'honnête homme à l'abri des malheurs.

Ce mobile puissant qui transforme le monde
Aux abords de l'Escaut de tous côtés abonde.
Fresnes, Bruille, Condé, Raismes, Douchy, Denain,
Quoique venus plus tard, sont émules d'Anzin.
Au centre du pays s'élève Valenciennes,

Fière, non sans raison, de ses gloires anciennes,
Et qui s'acquiert encore un honneur mérité
Par sa haute aptitude et la diversité
Des carrières qu'elle ouvre à toute intelligence.
Industrie ou beaux-arts, commerce ou bien science,
Tout est encouragé, tout est approfondi,
Et le succès arrive au talent enhardi.

En quittant ces remparts où tant de fois la guerre
Fit retentir les coups de son bruyant tonnerre,
L'Escaut, par son transit, alimente Condé,
Puis, touchant au canton, autrefois inondé,
Où la Scarpe devient sa fidèle compagne,
Non loin de Saint-Amand, il dépasse Mortagne.
Alors, changeant de maître en son nouveau parcours,
Vers Tournai, par Antoing, il dirige son cours,
Et chez un peuple ami va porter l'abondance.
Aux mœurs, comme au langage il peut se croire en France,
Car, par le souvenir d'un antique lien,
Au midi comme au nord on est toujours Nervien.

Ici, rendons hommage à l'esprit philanthrope
D'un roi digne du nom de Nestor de l'Europe,
Qui, malgré les écueils, heureux en ses projets,
Voit, chaque jour, grandir l'amour de ses sujets,
Et qui, par sa prudence, a su rendre docile
Un troupeau, jusqu'alors, à guider difficile.

Notre fleuve charmé considère en passant
Un pays à la fois tranquille et florissant.
A l'occident, la terre avec soin cultivée
Au-dessus de ses bords est à peine élevée.
Sur l'autre rive, on voit naître quelques côteaux
Qui vont, en ondulant, rejoindre les plateaux
Où de robustes bras, du fond de la carrière,
Arrachent sans repos et le marbre et la pierre.

Mais l'Escaut s'en éloigne ; un intérêt plus grand
Accélère sa marche et l'attire vers Gand.
C'est là, c'est dans les murs de la reine des Flandres,
Qu'il semble s'égarer en fantasques méandres
Pour rencontrer la Lys qui s'approche de lui
Et se prêter tous deux un mutuel appui.
En mélangeant leurs eaux une force imposante
Leur creuse un lit profond dont la largeur présente
Aux navires venus des pays étrangers,
Un port tranquille et sûr à l'abri des dangers (1).
Cette force elle-même emporte notre fleuve
A travers des pays où, toujours grasse et neuve,
La terre est, sur ses bords, propice anx laboureurs
Et paie abondamment le prix de leurs sueurs.

(1) On a vu, avant 1830, sous la domination hollandaise, des navires arrivant de Batavia, venir s'amarrer dans le bassin de Gand, à la porte des magasins des négociants.

En poursuivant son cours il recueille la Dendre,
Puis, le Ruppel vers lui se hâte de descendre,
Fiers, tous deux, d'échanger un modeste destin,
Pour un rôle plus grand, une plus noble fin.

Bientôt paraît Anvers, jadis pauvre village,
Que la main d'un géant jeta sur ce rivage (1),
Aujourd'hui port célèbre où l'on voit dans les airs
Flotter les pavillons de cent pays divers.
Cette forêt de mâts dont les agrès s'emmêlent,
Ce peuple de marins que toujours renouvellent
Tant de joyeux départs et de plus gais retours,
Pour animer ces lieux tout prête son concours.
Mais en vain ce tableau chaque jour se déploie;
Ni les biens précieux que le commerce envoie,
Ni les chefs-d'œuvre d'art plus précieux encor
Dont Anvers a gardé l'admirable trésor,
Rien ne peut arrêter la marche régulière
Du fleuve qui pressent la fin de sa carrière.
Plus terrible, on le vit s'irriter autrefois,
D'être tenu captif dans des bords trop étroits,
Briser avec fureur les digues impuissantes,
Et, répandant au loin, ses vagues mugissantes,
Engloutir en un jour les temples, les maisons,
Tous les fruits du travail et l'espoir des moissons.

(1) Tradition se rapportant au nom d'Antwerpen qui, en flamand, signifie : *main jetée*.

Que ne peut un vouloir persévérant et ferme?
L'homme à de tels malheurs, enfin, a mis un terme ;
Par ses débiles mains le grand fleuve est dompté ;
Mais toujours plein de force et plein de majesté,
S'il respecte aujourd'hui les heureuses barrières
Que l'industrie humaine oppose à ses colères,
Comme un torrent fougueux, il court en frémissant,
Jusqu'en ses profondeurs refouler l'Océan.

Skald est comme ébloui de ce pompeux spectacle.
Tandis qu'il le contemple un singulier miracle
Dérobe à ses regards le druide révéré,
Qui d'un épais nuage est soudain entouré.

— « Maître, reprend la voix, j'ai tenu ma promesse.
» De ton obscurité tu murmurais sans cesse;
» Je t'ai rendu témoin du destin qui t'attend ;
» Il faut nous séparer. Eh ! bien, es-tu content? »

— « Je ne sais, répond Skald, parmi tant de merveilles
» Qui viennent de charmer mes yeux et mes oreilles,
» Lorsque, sur tous les points, le progrès va régner,
» Je ne vois pas trop bien ce que j'y puis gagner.
» Accablé par l'ennui, sur mon autel humide,
» Bien qu'entouré d'un monde opulent et splendide,

» J'aurais l'air, je le sens, d'un fleuve suranné,
» A meubler un jardin tristement condamné
» Pour réjouir les yeux des badauds, et j'augure
» Que ma divinité fera piètre figure.
» Si j'abdiquais ?.... Plaît-il ?... Il ne répond plus rien
» Et s'enfuit emporté par un souffle aérien !
» Ma foi ! n'hésitons plus : suivons la loi commune ;
» Il faut, dans ces temps-ci, songer à sa fortune ,
» Travailler, s'enrichir et travailler encor,
» Accumuler sans cesse et mettre l'or sur l'or.
» Mieux valent, quand tout vise à bien vendre ses quilles,
» Des mortels bien vêtus que des dieux en guenilles.
» Adieu, source limpide, et vous, ombrage frais,
» Le sort en est jeté ; je vous fuis pour jamais. »

Monsieur Skald, à ces mots, abandonne son urne,
Pour des souliers vernis échange son cothurne,
Et court se procurer chez le banquier voisin
Des actions du Nord et des titres d'Anzin.

1869. Lille, Imp. Six-Horemans. 1469.